GUÍA DE LECTURA

Escrita por Jean-Bosco d'Otreppe
Traducida por Tamara Montes Blanco

La caída

de Albert Camus

Entiende fácilmente la literatura con

ResumenExpress.com

www.resumenexpress.com

ALBERT CAMUS

ESCRITOR, DRAMATURGO, ENSAYISTA Y FILÓSOFO FRANCÉS

- **Nacido en 1913 en Mondovi (Argelia)**
- **Fallecido en 1960 en Villeblevin (Francia)**
- **Algunas de sus obras:**
  - *El extranjero* (1942), novela
  - *El mito de Sísifo* (1942), ensayo
  - *La peste* (1947), novela

Albert Camus (1913-1960), francés nacido en Argelia y premio Nobel de Literatura, es uno de los escritores más importantes del siglo XX. Fue un intelectual profundamente comprometido, filósofo, periodista, dramaturgo y novelista que marcó su época por su reflexión sobre el absurdo, que encontró en él una expresión crítica, sensible y humana.

Camus, enormemente admirado, a veces criticado, tuvo un eco considerable en todo el mundo con sus novelas *La peste* (1947) y, sobre todo, *El extranjero* (1942). Murió prematuramente en 1960 en un accidente de coche.

LA CAÍDA

LA CULPABILIDAD EN UN MUNDO DE LO ABSURDO

- **Género:** novela
- **Edición de referencia:** Camus, Albert. 1996. *Obras, 4*. Traducido por José María Guelbenzu. Madrid: Alianza
- **Primera edición:** 1956
- **Temáticas:** culpabilidad, egoísmo, duplicidad, naturaleza humana, decadencia

Publicada en 1956, *La caída* es el tercer y último volumen del tríptico que comienza con *El extranjero* y *La peste*.

La caída es la confesión de Jean-Baptiste Clamence, un antiguo abogado francés que ha ido a refugiarase en la confusión de Ámsterdam. En un largo monólogo, el narrador cuenta su vida parisina hecha de gloria, de conquistas y de bellas palabras, hasta el día en que, al pasar por un puente parisino en plena noche, no socorre a una mujer que se está ahogando. Entonces, comienza para él una toma de conciencia, tras la cual solo puede condenar esa vida que tanto le gustaba, hecha, a semejanza de su época, de egoísmo, de ruindad y de vanidad.

RESUMEN

La caída contiene seis capítulos que corresponden a cinco días (cada capítulo equivale a un día, excepto el 4 y el 5). Los tres primeros capítulos se desarrollan antes del relato del ahogamiento y los siguientes cuentan lo que sucede después. Esta construcción permite marcar más claramente la separación entre la vida de antes y la que sigue a la tragedia, insistiendo en los cambios sobrevenidos en la psicología del protagonista.

ANTES DE LA TRAGEDIA

De entrada, Camus interna al lector en el ambiente turbio y confuso del Mexico-City, un bar instalado en el corazón de Ámsterdam, donde Jean-Baptiste Clamence entabla conversación con un compatriota cuyo nombre nunca llegaremos a conocer. A lo largo de todo el relato, es el único en hablar, su compatriota solo está ahí para escuchar su confesión.

Jean-Baptiste, antiguo abogado parisino culto, dejó la capital francesa para ejercer su profesión de juez-penitente, bajo el pseudónimo de Clamence, en Holanda. Su oficio le permite vivir de forma confortable aceptando por completo su duplicidad. Consiste en despreciarse públicamente, acusarse de todos los males, pero al hacer esto, el retrato que ofrece a sus contemporáneos «se convierte en un espejo» (Camus 1996, 444) y, a su vez, puede juzgarlos libremente. «Ya que no podemos condenar a los demás sin juzgarnos, es necesario abrumarse de culpa uno mismo para tener derecho a juzgar» (Camus 1996, 443), explica.

Clamence describe a su interlocutor el «sueño» que es Holanda y su amor por los holandeses. Estos siempre parecen ausentes, con la cabeza «en esa bruma de neón, de ginebra y de menta que desciende de los letreros rojos y verdes» (Camus 1996, 367). La conversación se termina en el frío de la noche, ante un puente que Clamence, debido a una promesa, no quiere atravesar.

Al día siguiente, el juez-penitente cuenta su antigua vida en París. Su existencia era la de un hombre apreciado, que no dejaba de defender a la viuda y al huérfano para saciar su sed de caridad. Guapo y admirable, sabía que estaba lleno de virtudes y buscaba llegar a lo más alto. Pero, una tarde, mientras admiraba el Sena desde el puente de las Artes, estalló detrás de él una risa que parecía no venir de ninguna parte. Desconcertado, Clamence, volvió a casa y entonces vio en el cristal del cuarto de baño que su sonrisa era doble.

Clamence confiesa que, tras este episodio, su vida no vuelve a ser la misma. La armonía que la caracterizaba parece resquebrajarse insidiosamente. Poco a poco, toma consciencia de la vanidad de su existencia y de que lo que le empujaba a hacer el bien era más una sed de dominación y de poder que una sed de virtud. El juez-penitente abandona a su interlocutor para ir a aconsejar al encargado del Mexico-City, preocupado por el robo de un cuadro.

El tercer día, al reconsiderar su vida, descubre la vergüenza y se acuerda de otra historia, que también le relata a su interlocutor. Una noche, mientras regresaba a su domicilio, oyó cómo el cuerpo de una joven con la que se acababa de cruzar caía al agua. Sorprendido, confiesa haberse quedado quieto:

«Temblaba, creo que de frío y de crispación. Me dije que tenía que apresurarme y sentí que una debilidad irresistible me invadía el cuerpo. He olvidado lo que pensé entonces. "Demasiado tarde, demasiado lejos..." o algo por el estilo. Seguí escuchando, inmóvil. Después, me alejé con pasos cortos, bajo la lluvia. No avisé a nadie» (Camus 1996, 402).

DESPUÉS DE LA TRAGEDIA

El cuarto día, Clamence visita con su compatriota la isla de Marken y sus paisajes muertos, planos e incoloros. Durante la conversación, confiesa a su amigo que, al contrario de lo que este podría pensar, él no es perfecto e incluso cuenta con algunos enemigos. No se sorprende, ya que, según dice, la gente juzga para evitar ser juzgada. Pero este descubrimiento le reveló otra parte de sí mismo, su intrínseca duplicidad: «Entonces comprendí [...] que la modestia me ayudaba a brillar, la humildad a vencer y la virtud a oprimir. Hacía la guerra con medios pacíficos y obtenía al fin, con los recursos del desinterés, todo lo que deseaba» (Camus 1996, 410).

Consciente de sus defectos y furioso porque sus contemporáneos seguían considerándolo perfecto, eligió hacer pública su duplicidad. Aunque hiciera el ridículo, perturbó la opinión pública con impertinencias, ya fuera durante sus alegatos o mediante mundanidades. También decidió lanzarse sin frenos a la ruina: esta nueva forma de vida le procuró cierto alivio, la ruina resultaba liberadora, ya que no creaba ninguna obligación.

Sin embargo, un día, frente al vasto océano, su mirada se

encontró con una mancha negra que le recordó a la forma de un ahogado. Entonces, comprendió que jamás podría olvidar su culpabilidad: «Había que someterse y reconocer la propia culpabilidad. Había que vivir en el *malconfort*» (Camus 1996, 425). Todo el mundo debe reconocer sus faltas, explica, es el destino de los hombres. Asimismo, la auténtica razón de la agonía de Cristo, ¿no reside en «que él sabía que no era del todo inocente» (Camus 1996, 427).

Clamence, enfermo, recibe a su interlocutor en su habitación y le confiesa que antaño, en un campo de prisioneros, condenó a muerte a un compañero de celda al beberse su agua. Juzgaba que su propia supervivencia, en razón de sus responsabilidades, era más importante que la de su compañero.

También le muestra el famoso cuadro *Los jueces justos* de Van Eyck (pintor flamenco, c. 1390-1441), que fue robado años antes y vendido al Mexico-City. Clamence convenció al encargado del bar de que se lo diera. Desde entonces, «[u]na vez separadas definitivamente la justicia y la inocencia, aquélla sobre la cruz y ésta en un armario» (Camus 1996, 439), por fin podía ser juez-penitente.

Pero su interlocutor no es más que un abogado parisino.

- 7 -

ESTUDIO DE LOS PERSONAJES

JEAN-BAPTISTE CLAMENCE

Es un antiguo abogado que, desencantado de la vida parisina, se ha marchado a Ámsterdam con un nombre falso (Jean-Baptiste Clamence es un seudónimo y nunca conoceremos su auténtica identidad) para ejercer su nueva profesión: la de de juez-penitente.

Cabe decir que Clamence, como antiguo abogado, domina el arte de la palabra. Él mismo se encarga de conducir con sangre fría su confesión, que marca el ritmo de su relato, de tal modo que atrae, a su manera, la curiosidad de su oyente.

Sin embargo, tal retórica desvela a fin de cuentas un ser ambiguo y lleno de paradojas, dividido entre la mentira y la verdad: «Usted por ejemplo, querido compatriota, piense un poco cuál sería su propio cartel. ¿Se calla? Vamos, ya me responderá después. En todo caso conozco el mío: dos rostros, un Jano encantador, y por encima el lema de la casa: "No se fíe". Y en mis tarjetas: "Jean-Baptiste Clamence: comediante"» (Camus 1996, 388). Jano es una divinidad romana que tiene dos caras. Clamence confiesa mentir a los demás igual que se miente a sí mismo. La mentira, reconoce, puede decir tanto o más que la verdad: «A veces se puede ver más claro en el que miente que en quien dice la verdad. La verdad, como la luz, ciega. La mentira, al contrario, es un bello crepúsculo que valoriza todos los objetos» (Camus 1996, 432). No obstante, a través de su confesión, busca tender a la verdad. Aquí se encuentra toda la paradoja del personaje.

Entonces la cuestión es saber qué sentido tiene su confesión. Podemos detenernos en su voluntad explícita de practicar su nueva profesión de juez-penitente. No obstante, también es posible oír en el monólogo del antiguo abogado un auténtico grito de auxilio. Su destreza es perceptible tras una ironía que no deja de estar presente en su relato, pero también en su enfermedad, cuando recibe, sin moverse de la cama, a su interlocutor en su casa o durante los momentos de mayor abatimiento:

> «No me abrume demasiado. Soy como aquel viejo mendigo que un día, en la terraza de un café, no quería soltarme la mano: «¡Ah, caballero! decía. ¡No es que uno sea un mal hombre, es que ha perdido la luz!». Sí, hemos perdido la luz por las mañanas, la santa inocencia de quien sabe perdonarse a sí mismo.» (Camus 1996, 447).

EL INTERLOCUTOR

El hombre al que se dirige Clamence nos enseña mucho sobre el juez-penitente. Abogado parisino, también viaja a Ámsterdam. Así, muchos elementos permiten ver en el interlocutor una réplica de Clamence que, atascada en la retórica de juez-penitente, va siendo, poco a poco, consciente de su duplicidad y pierde la inocencia para darse cuenta de su propia culpabilidad. Por otro lado, la construcción del relato, al condenarlo al mutismo, también expresa y subraya su condición de víctima.

El interlocutor está desde entonces condenado a ser una víctima culpable de sus fechorías. En cuanto a Clamence, para poder continuar ejerciendo su profesión de juez-penitente, está obligado a encontrar siempre nuevas víctimas. Por lo tanto, está encerrado en un infierno sadomasoquista.

Aunque finge acusarse a sí mismo para acusar a los demás, nos parece que su proceso desemboca en la degradación a través del reflejo de sí mismo que descubre en los demás.

El hecho de que Camus haya escogido un interlocutor que no sea un policía, sino un abogado parisino que se identifica con el clon de Clamence, expresa su voluntad de mostrar que el juez-penitente no puede librarse de su condición. Clamence no es un hombre feliz, sino alguien que se encierra en su propia culpabilidad. En el otro, no hace más que mirar y admirar el escenario de su propia decadencia, pero no intenta encontrar una nueva esperanza o una oportunidad de redención.

CLAVES DE LECTURA

LA CULPABILIDAD

El tema de la culpabilidad se encuentra en el centro de *La caída*. Lo que a Clamence le resulta difícil, al contrario que a Meursault en *El extranjero*, es que nadie se disponga a condenarlo. No hay ningún tribunal que se disponga a librarlo de sus cargas. Por lo tanto, él es su único juez y, de ese modo, permanece esclavo de sus propios crímenes. Precisamente para evitar esto, espera que algún día encuentren el cuadro, pero ningún policía acude a su casa para descubrir *Los jueces justos*.

Desde entonces, Clamence, a través de su requisitorio alzado en contra de sí mismo, nos empuja a mirar en nosotros las faltas que atormentan inconscientemente nuestra mente y nos enseña que la decadencia forma parte de nuestra propia naturaleza. Todos somos culpables.

UNA PALABRA QUE SOMETE

Clamence marca el ritmo de su relato a voluntad. Su palabra es una palabra que encierra. En el monólogo que propone, el interlocutor es rechazado y nunca tiene voz en el capítulo. Por supuesto, Clamence hace como si lo oyera, pero de su oyente solo toma lo que le conviene para forjar un monólogo sordo a la palabra del otro. Desde entonces, Clamence encierra a los demás en su palabra, les niega la individualidad y la especificidad para clasificarlos a su antojo. «Conmigo», explica Clamence, «se acabaron las bendiciones, se terminó la distribución de absoluciones. Simplemente se suma y se dice: "Esto es tanto. Usted es un perverso, un sátiro, un mitómano, un pederasta, un artista, etc." Así. Así de claro» (Camus 1996, 439). Quien es juzgado de este modo, no tiene derecho a defenderse; el juez-penitente hace lo que quiere con su personalidad y lo condena a ser lo que dice de él.

Así, con miedo a su propia libertad (un hombre que se presenta como libre se convierte en responsable de todas sus elecciones, lo que tiene un lado aterrador), Clamence somete a sus interlocutores y, con su discurso, los encierra en la lógica de su pensamiento: «en filosofía como en política estoy del lado de cualquier teoría que niegue la inocencia del hombre, y a favor de cualquier práctica que le trate como un culpable. Apreciará, querido amigo, que soy un ilustrado partidario de la servidumbre» (Camus 1996, 439).

ÁMSTERDAM

La caída es el único texto de Camus que se sitúa lejos de las luces mediterráneas que tanto le gustan. Sin embargo, podemos comprender la elección de la ciudad holandesa, ya que el ambiente que reina en ella parece confundirse con el estado de ánimo de Clamence.

Clamence encuentra en Ámsterdam, ciudad de lluvia, de niebla y de frío, las mismas cosas que le empujaron a no salvar a la mujer que cayó al Sena. En el centro de Ámsterdam, se encuentra prisionero de lo que le ha llevado a equivocarse. Por lo tanto, parece elegir esta ciudad para asumir su crimen, para deleitarse con ella y habitarla.

Ámsterdam también es una ciudad donde no hay nada claro. Esculpida por los meandros de sus canales, tiene un lado oscuro y, en la imprecisión de sus colores, ya no distinguimos la mentira de la verdad. No hay una luz cegadora que atraviese la ciudad. Clamence, que, como ya hemos señalado, observa la mentira para comprender la verdad, se siente bien en esta capital, en el seno de la cual se puede refugiar en los mitos que la pueblan, los sueños y los cuadros.

Sin embargo, a Clamence también le gusta volver a ver los colores claros de la mañana. No puede evitar soñar con Grecia, donde todo es luz y claridad. En resumen, parece que espere encontrar algún día la gracia de volver a vivir en la verdad. Sin embargo, ¿tiene la esperanza real de ello? La ironía de las últimas frases del libro parece desmentirlo:

> «Pronuncie usted mismo las palabras que, desde hace años no han dejado de resonar en mis noches, y que al fin yo diré por boca suya: "¡Oh muchacha! ¡Arrójate otra vez al agua para que yo disponga de una segunda oportunidad de salvarnos a ambos!". Una segunda oportunidad, ¿eh? ¡Qué imprudencia! Suponga, querido colega, que le tomo la palabra. Habría que pasar a los hechos. ¡Brrr! ¡Qué fría debe estar el agua! Pero tranquilicémonos. Es demasiado tarde, siempre será demasiado tarde. ¡Afortunadamente!» (Camus 1996, 449).

EL LUGAR DE *LA CAÍDA* EN LA FILOSOFÍA CAMUSIANA

Camus es conocido por haber desarrollado el pensamiento

del absurdo. Para él, el absurdo es un sentimiento que el hombre experimenta a lo largo de su vida. Este sentimiento resulta del enfrentamiento entre, por un lado, el hombre que se plantea un gran número de preguntas respecto a su vida y, por otro lado, el silencio irracional del mundo, sordo ante sus gritos. Desde entonces, el hombre debe reconocer el absurdo de su existencia y afrontarlo. Camus piensa que es inútil confiar en un hipotético Dios o proyectarse en un porvenir incierto. Hay que vivir de sus únicas certezas, disfrutar del presente, trabajar por la justicia y tener fe en el hombre. Es la única receta de la felicidad.

A su modo, *La caída* es una novela que hace ver este sentimiento del absurdo. Clamence sigue el mismo camino que Meursault en *El extranjero*. Comienza a vivir sin plantearse muchas preguntas, pero, insidiosamente, con el paso del tiempo, un conjunto de elementos (la risa sobre el puente, la caída del cuerpo en el Sena, etc.) lo saca de su letargo y lo lleva progresivamente a cuestionarse su vida. Igual Meursault, se hace entonces consciente de la vanidad de su existencia, pero, al contrario que él, no ilustra en absoluto la rebelión del hombre ante la absurdez de su condición. De hecho, Clamence no cree más en el hombre y pierde la esperanza en la humanidad, mientras que Meursault, ilustrando los preceptos de Camus, vive plenamente el presente y recupera, de ese modo, su vida y su libertad.

Cuando Camus escribe *La caída*, tres años antes de su muerte, parece que quiera hacerse más crítico en lo que se refiere a la moral enunciada anteriormente en su vida. En cualquier caso, se deshace de cualquier idealismo y muestra

la confusión y el ambiente apagado en el que nuestra humanidad se hunde muy a menudo.

PISTAS PARA LA REFLEXIÓN

ALGUNAS PREGUNTAS PARA PROFUNDIZAR EN SU REFLEXIÓN...

- Tras esta lectura, ¿cómo podemos considerar la justicia humana?
- Clamence considera que la justicia divina, si es que existe, es menos aterradora que la justicia de los hombres. Explíquelo.
- Tras la lectura de este libro, ¿piensa usted que aún tenemos derecho a ser felices o que antes de nada debemos reconocer nuestra culpabilidad?
- En su opinión, ¿por qué Clamence muestra un paisaje sombrío y desolado de la isla de Marken a su interlocutor, confiesa que le gusta mirarlo y al mismo tiempo espera muchas veces poder ver la clara luz del día descendiendo sobre Ámsterdam?
- ¿De qué manera está presente el absurdo en esta obra?
- En su opinión, ¿por qué Clamence utiliza tanto el humor como la ironía?
- ¿En qué aspecto responde *La caída* a *El extranjero*?

PARA IR MÁS ALLÁ

EDICIÓN DE REFERENCIA

- Camus, Albert. 1996. *Obras, 4.* Traducido por José María Guelbenzu. Madrid: Alianza.

ESTUDIO DE REFERENCIA

- Rey, Pierre-Louis. 1970. *La Chute.* París: Hatier, colección *Profil d'une œuvre.*

EN RESUMENEXPRESS.COM

- Guía de lectura de *Calígula* de Albert Camus.
- Guía de lectura de *El extranjero* de Albert Camus.
- Guía de lectura de *La peste* de Albert Camus.
- Guía de lectura de *Los justos* de Albert Camus.